JN245681

小鳥たち

山尾悠子
中川多理

studio parabolica

目次

装幀―ミルキィ・イソベ＋安倍晴美
人形・写真・装画―中川多理

小鳥たち

小鳥たち（旧仮名）

小鳥のやうに愕（おどろ）き易く、すぐに動揺する性質（たち）の〈水の城館〉の侍女たち、すなはち華奢な編み上げ靴の少女たちは行儀よく列をなして行動し、庭園名物の驚愕噴水にうかうか踏み込むたび激しく衝突しあふのだつた。水飛沫（しぶき）とともに飛び散る羽毛や柔毛、赤髭公や母堂の老妃から可愛（かはゆ）い小鳥たちと呼び習はされるとほりに囀（さへづ）る声も宙に縺れあひ、逃げた後には勢ひのやや萎（しぼ）んだ噴水群がただ残されるばかり。

さていよいよ新大公妃戴冠の日の早朝となると、小鳥たちすなはち大公の侍女たちも何と言つても忙しく、開け放つた窓を出入りしては伝言その他を携へ、水の城館の天空へと慌しく翔びたつのだつた。

――外のお庭にはまだ誰もゐなくてよ。見てご覧。

――早起きの庭師が遠くに見えるだけ。でも影が長くて、刈り込んだ木なのか庭師なのかよくわからないねえ。

青銅葺きの大屋根を飛び越えつつ、鳥の囀り声で互ひに喋りあふのだつたが、

――式典の楽隊もまだ到着する様子もないね。

――きつとまだ寝床にゐるのでせう。ぬくぬく楽器を抱いたまま。

――ああ見て、遠くの綺麗な空がまるで海のやう。

輝かしい地平の明るさと陰影とで刻まれた白雲の群れが低く凝り、それとともに眼前にひらけたのは有名にして広大な水の城館の階段庭園、その涼やかな早朝の大眺望であるには違ひなかつた。

小鳥たちと呼ばれる少女たちは実際に小鳥の姿と化す折があり、その場に応じて正しく形態を使ひ分けるやう厳しく躾けられてゐるのだつた。――先を急ぐその視点よりひろびろ見渡すならば、まづ眼下一帯には白土に常緑の緑一色が奇矯に渦巻く幾何学式迷路庭園。先の一段下がつたあたりへ立派な水道橋が渡されてをり、そこから豊富な水量を噴出させる循環

式人工滝の階段庭園が始まつてゆく様子が順次つぶさに認められる。左右の傾斜面に背の高い樹木と数多の小噴水と彫像群を満載した段段の石回廊があり、幅広の中央一帯では複数層の階段状の滝が下段へ下段へと大容量の水流を運び、この激しい水音の只中にあつてはさすがの姦(かしま)しい小鳥たちも見事な眺めにただ感じ入るしかないのだつた。流れの果ては静かな真四角の巨大人工池へと至り、ここへ来て伝令の向かひ先も左右半半均等に分かれゆく。右岸も左岸も見れば再び平坦な緑の庭園とその奥手に佇む瀟洒な離宮——ただし厳密な左右対称(シンメトリー)を遵守してゐた庭園の意匠がここに至つて破綻してゐることは誰の眼にも明らかなのだつた。

——ご伝言申し伝へます。めでたき今日の日ながら、大公殿下は急な歯痛のご様子。

そのやうに言上を始める直前、露台の石畳へと着地しつつ小鳥たちはたたらを踏んで羽毛を散らす編み上げ靴の少女たちと化してをり、これは左右どちらの離宮でもまつたく同じ情景となつてゐた。

——それは嘘。とどちらの離宮でも即答があり、柳眉の逆立つ音も外まで聞こえんばかり。

——わたくしたちのどちらへ妃の冠をくださるのか、お心を決めかねるご様子は以前より知れてをりました。昨夜に至つても決断のお返事は戴けず。

——さあ、殿下の仰せによれば、けふの予定は是非とも日延べにと。

——お待ちお待ち、お前たち。向かうの離宮のかたへは、別の伝言を届けたのではなからうね。

東の芳香薔薇園を誇る庭園、西の白いアカンサス花壇を擁する庭園、それぞれを前庭とするふたつの離宮では相変はらずほぼ相似する場面が繰り広げられつつあつた。

——あちらの離宮のかたは、きつと今ごろ勝利の美酒に酔ひ。お待ち、お前たち逃げるのではない。

——あれだけは我がものよ。あの冠だけは。

ふたりの寵姫は夜着のまま乱れた寝台からまろび出る勢ひ。後ずさる編み上げ靴の少女たちは後ろの少女にぶつかりつつ眩い窓の外へ逃れゆき、飛び散る羽毛のみが伸ばした手に虚しく残るのだつた。——真四角の早朝の人工池では大噴水が唐突に息を吹き返し、楽隊席に楽隊は未だ到着せず。無風のなかで高だか噴き上がる飛沫は辛うじて右左どちらへも偏らず、危ふい中立を保つてゐる。

少し離れた町方で、こちらは絵に描いたやうに貧しげなお針子の母娘の会話。

――繰り返し繰り返し、連日糸目も危ふくなるほど針を進めても何の甲斐もないこと。

――むすめや、そのやうに思ふ若いこころはわからないでもない。

痩せて老け込んだ母親は前屈みの仕事の手を止めて、

――いやむしろ、この母こそが同じ思ひを積み重ね、けふのこの日まで来た訳なのだよ。

見事に戴冠を受ける女もゐれば、さうでない多くの女たちがゐる。お城の立派過ぎるほど立派な滝庭のはなしを聞くにつけても、そのやうな場に相応しく生まれつかなかつた身の不運を思ふばかり。

――ふたつの離宮のあるじのひとりはわづかに斜視（すがめ）。ひとりは片肢がほんの少し短いのですつて。

言ひつつむすめは針の尖りで痛めた指先を揉み解すのだつた。

――そして殿様はわざと選んだとか。

――深読みしようとして足元を掬はれるのは愚かなこと。

——戴冠式は結局どうなつたのかしらねえ、おつ母(か)さま。

——気になるのかい。これだけは明言しておくが、このあたしはお館の殿様などといふ代物には、今まで近くでお眼にかかつたことすらないよ。

母親は縫ひ仕事を止めて傍らへやり、急に椅子から立ち上がつた。むすめは母を見上げてその異様な巨きさに愕き、何事かと眼を疑つた。父親のない家庭で生きることにかつかつの日日を共にする母であつたが、実はこの母のことを何も知らなかつたやうに不意に思はれたのだつた。

——答へを追ひ求めるのは無駄なこと。ただみづからのこころのうちに正直であればいいことなのだよ、我がむすめや。

そして母親は貧しい長持ちの奥底よりひかり輝くものを取り出した。両手に捧げ、窓の光線へ翳してみせるそれはまづ中央に艶めく巨大南洋白真珠。と共に濃紫水色淡黄鳩血色の大振りな宝石類もぎつしり嵌め込んで、地金(ぢがね)は純金色の黄金より成る一頭(ひとかしら)の宝冠に他ならず、母親はいかにも重たげな手振りでそれを白髪混じりのあたまへ戴いた。そして長持ちの底へ両腕を差し入れ、今度はやや若若しい造りの宝冠を取り出すのだつたが、光輝燦然たる白色金剛石（ダイヤモンド）及び透明な青水晶を綴つた小宝冠（ティアラ）はむすめの頭部へ吸ひつくやうにぴたりと嵌り、恰（あたか）もこの日のために誂へた如くであつた。——針仕事が散らかつた部屋の只なかで、黄金と色宝石と金剛石の宝冠を戴いた母娘は幾分か物思はしげにエプロンの紐を解き放ち、倹（つま）しい普段着姿でもその足取りはいつしか堂堂の行進へ向かふ者のやう。

手に手を取つて陽光眩い物干し台まで進みゆけば、さて見渡す限りどの露台にも屋上にも似たやうな普段着姿に仕事着姿。切りなく続続現はれるのは、取り取りの意匠に輝くみごとな冠を戴いた女たち、その娘たち——

小鳥たちはその嘴（くちばし）より緑の蔓草と小花小花を空中に降らせつつ、これは教訓を含まない昔むかしの絵ものがたり。

小鳥たち、その春の廃園の

豊饒女神と小鳥たち

〈水の城館〉での日常。城館の小鳥たちと豊饒女神のこと、さらには無限のテラスからの景観のこと。緑豊かな水庭園のさらに奥まったグロッタにて、豊饒の女神像は慈しみの聖母の如くに両腕をひろげて佇む。花房に似た胸元には数十の丸く尖った乳房が群がり、それら多数の先端から迸る水流は足元の水盤より溢れだし、水の庭園の流れに交わる。この異国風の女神像に小花をささげる小鳥の侍女たちの姿は折おりに目撃されるが、奉納の由来は不明である。

そもそも〈水の城館〉の庭園設計の迷路性はつとに有名であり、仮にこの女神像との対面を希望する散歩者がいたとしても、目的地を定めての逍遥は多くの関門を伴うことになる。大池や階段回廊の各所に仕込まれた驚愕噴水のためずぶ濡れとなって引き返す者も多く、あるいは背の高い緑の渦巻きの堂々巡りに巻き込まれ、あちこちで切実に助けを求める声を聞き流しながらようやく出口に至っても、また次の緑の入口がある。このあたりで散歩者たちはすっかり方向を見失い、ここまで通り抜けてきた噴水庭園や彫像だらけの中庭や大階段の印象がもはやごた混ぜとなっていることに気づく。頭上を軽やかに追い越していくのは言わずと知れた城館の小鳥たちであり、奉納の小花を咥えていることでそれと知れるのだった。

これで方角の見当をつけた散歩者のうち、さらに運のよい一部の者が辿る経過はおよそ次のとおり。小鳥たちが消えた空をめざすうち、ある者は高所の見晴らし台まで辿りつくことがある。これは台地のきわに建つ立派な石屋根つきの柱廊式建築であって、無限のテラスと呼び名がついていることはたいてい後になって知ることになるのだが——、ともあれこの場でほっとひと息つきつつ見渡せば、運のよい散歩者は崖のグロッタに立つ高名な女神像の一部なりとも見下ろせることに急に気づく。多数の尖った乳房から水流を迸らせているのですぐにそれと知れるのだが、しかもその足元と左右から豊かに放出されるのはもっとも有名な大滝庭園の水流であって、数多くの段差や噴水装飾を設けつつ下流へ下流へと順次展開しているのだった。絶えず耳を塞ぐ滝と流れの音、そして噴水つき小テラスのひとつで休憩するらしい侍女たちの姿を目撃する場合もあり、持参のオペラグラスでもあれば彼女たちそれぞれの顔だちやお仕着せの色の違いなどじっくり観察することも可能である。レンズのなかには小花を髪に挿した少女などもいて、当然のことに観察者が思うことは、これがすなわち先ほどの飛行する小鳥たちなのか、と。

〈水の城館〉の侍女たちをめぐる噂を想起しつつ、さらに遠方へと目をやれば周辺の森と丘陵と蛇行する川の輝きが見え、広大な空と地平に凝る雲が見え、そしておぼつかなく低空を移動していく二人乗り複葉機の機影など目撃する場合もある。城館の謁見室では赤髭公のみならずクリノリン式ドレスに身を包んだ大公妃にも目どおり叶ったばかりであって、さて今は何世紀。疑問を抱えるうち、のどかに移動していく蒸気機関車の白い煙が見え、最新式の高速自動車道の部分が見え、時にはそれらと併走するリニアモーターカーの一瞬の通過すら——きわめて辛うじてではあるが——認めることなども可能である。

別の時代、別の地域で、そのかみ女王の川遊びに同行を許された折の小鳥たちのこと。つねには〈水の城館〉勤めである侍女たちは特別に借り出されたものらしく、その夜のみの趣向として小姓（ペイジ）姿に扮したことだけは確かな事実として今に伝わっている。帽子に押し込んだまとめ髪、絞った胴着、若々しくほっそりとした脚と小さな尖った靴。そして舟の上では老女王の身辺の世話を承り、むろんのこと時には慌しく羽ばたいて随行舟への伝言を持ち運んだり——その夜の篝火の数と従う舟の多さといっては、真っ黒なテムズの川面を埋め尽くさんばかり。楽曲舟の舳先にて朗々と女王の頌め歌をうたいあげる去勢歌手（カストラート）もいた由で、いつもならば侍従役として有名な貴族の少年がいたのだが、その夜は髭の剃り残しがあったため遠ざけられていたのだ。

さても可愛ゆい小鳥たちであることよ。巨大な巻き毛の鬘と宝石の重さに埋もれた女王は満足に動くこともままならず、皺ばんだ唇のみ動かし言うのだった。

——おまえたちの存在の軽やかさ、取るに足りなさ。その怯えやすさ。たやすく愕いて羽根を散らす容子が老いた我が目の慰みとなる。いつまでも変わらずそのようであるように。

——あれ女王陛下、花火が。

——あれ、あのように次々と。

音に怯えて小姓姿の小鳥たちは口ぐちに言い、そのとき夜の黒い川づらはたまゆら燦然と輝いたのだった。宙に尾を曳く光芒と火薬の煙り、たちまち羽根を散らして飛び交う小鳥たち——一羽は老女王の巻き毛の巣に絡めとられ、そのまま生きて囀る髪飾りに。やがて崩御ののちは共に柩に入ったとも古巣へ舞い戻ったとも言われ、ただ小姓姿の肖像は今も確かに残っている。作者不詳、名高い「女王の川遊び」がそれで、多人数のうち右端後方の小姓がどうも小鳥であるらしいのだ。怯えたようにこちらを見つめる小さな白い顔、よく見ればその背中側にシジュウカラ系と思われる色目の翼が描き込まれており、従って遠方の所蔵美術館まで出向きさえするならば、われわれも容易にそれと見分けられる筈である。

墜落する小鳥たち

墜落するのはすなわち編み上げ靴の侍女たちである。上空における小鳥たちの運命について。

庭園名物の驚愕噴水にうかうか踏み込むたび互いに激しくぶつかりあい、羽根を散らして逃げ出す小鳥たち——はるか高みの城館の屋根屋根まで逃げたとしても、こちらはこちらで上空を縄張りとする猛禽類に狙われることも皆無とはいえない日常なのだった。塔の多い棟々であるので、吹き曝しの屋内部へ逃げ込むことも可能であるのだが、さてとここでも窮地の小鳥をものにしようと待ち受ける伊達男たち、あるいは古くから鐘楼に巣食う怪しの影なども。墜落する小鳥というテーマは何故か城館の壁掛け等にも頻出し、刈り込まれたトピアリーにも幾つかそれらしきものがある。

一瞬の無重力。花のように仰向けに投げ出された自由。飛び散る羽毛も解けた髪も見分けがたく混じりあい、すべてが微笑みの世界に溶ける。雲だらけの青い虚空と尖塔群の世界が天地逆さに反転し、この今だけは何ものにも捕らわれることはない。

大公妃の侍女たちの人数が変化したという噂もたたず、空から降ってくる少女たちの一瞬の幻影は永遠にその場に固定されたままである。繰り返し何度でも墜落し続ける彼女たち。問題は誰がそれを目撃したかということで、古い壁掛けや緑の植栽のかたちに表わされた〈墜落する小鳥たち〉の姿は小鳥であったり少女であったり、場面によりさまざまだ。つねに脅かされる存在でありつつ自由を求め、編み上げ靴の少女たちは今日も行儀よく一列に並んで永遠の時を移動する。

その春の、廃園の

「――あれはエフェソス由来のアルテミス女神。あちらでは豊饒多産と母性を司る女神なのよ」

道連れの女子学生はつけつけとそのように言い、ボトルの飲料をひとくち飲むと先に立って行ってしまうのだった。「シンボルは蜂。気をつけて」

蜂のように鋭く刺すが、その腰はほっそりとくびれて蜜のように甘いだろうか。つまらぬことを考えながら歩き出したそのとたん、春先のか弱げな蜂がいっぴき目のまえをふらふらとよぎったのにはたまげたものだった。

改めて見渡すまでもなく、春草の萌える水庭園の荒れようは予想以上にひどいもので、流水システムはとうに枯渇して部分的に泥のぬかるみを残すのみである。崖部分に残る豊饒女神の像にしても、遠目で認められる限りでは顔や腕などが大きく欠損したままだ。——目視では埒が明かないのでネットの画像で確認すると、蜂というより鳩胸のように盛り上がった多数の乳房の群れはむかし噴水口であったようで、先細りの下半身にはいちめん格子状の区切りがあり、拡大してみればそれぞれ多種多様の動物像が彫り込まれているらしい。何とも念のいった造形デザインであることで、ひとつひとつに解説をつけるだけで彼女のレポートはたやすく埋まることだろう、歩きながらそのようにわたしは考えていた。

広びろした敷地内には意外に児童の見学者が多く、引率者はいるのだろうが毛糸や風除け着で丸くなった姿で活発に動き回る様子はほとんど遠足状態である。冬枯れの廃園は大量の石材と朽ち葉と茶色のあれこれの世界であるが、わずかな草萌えと早春の陽光のなかに色とりどりの帽子やジャンパーやリュックが散らばって動き回っている。ところで問題の彼女はということ——たまたま投宿先が一緒で、同じテーブルで朝食をとった流れでここまで同行してきたのだが——ご苦労なことに女神像めざして急な登攀にかかっており、監視システムに抵触するかもしれず、注意するためわたしもそろそろ後を追うことにしたのだった。

「——ほらね、やっぱりここにも見つかった。墜落する小鳥」

結局のところ途中から単独で思いどおりの接写を済ませてきた彼女は大量のデータを見せてくれたのだが、撮影場所は思いのほか広範囲の国内外に渡っており、この時節の学部生のレポートの材料としては充分すぎるもののように思われた。趣味なの、と彼女は言い、閉鎖された城館の内部にも撮影ポイントはある筈なのにと残念がった。

児童たちを乗せてきたスクールエアバスが空中できらきらと光り、去ったあとにヒバリやカワラヒワの囀りが残った。彼女が熱心に蒐集しているらしいイメージにさほどの関心は持たないものの、気温は低めだが天気は良し、休暇のさいごの一日をのんびり過ごすにはまったく悪くない出だしの午前だった。夕方の便で互いに別方向へわかれる予定は決まっており、それまで他の城館にも回っていく計画で地図など再確認していると、遠方の森の梢で反射光が急に動くのがわかった。監視ドローンがどこかへ急行するらしく、彼女が無理な岩登りを行なっているときに咎められずに済んだのは幸運だったとそのとき思ったものだ。当の本人は至って平気で昼食の予約など確かめる最中で、先ほどの児童たちと大差ない服装であるのはともかくとして、擦りあとや泥汚れが目立つのはまったくいかがなものかとわたしには思われた。もとは人工滝の階段庭園であった場所を頂上まで往復してきたせいだが、これはむろんのこと水が涸れているために可能であったわけで、そうでなければどう見ても庭師専用だったらしい粗末な土の登り道が脇にあるのみである。女神のグロッタに直接近づく者は当初からほとんどいなかったものと思われ、崇敬の対象でなく飾りの彫像であったのだから当然ではあるのだろうが、やや不思議なことにも思われた。崖地の上方にある立派な石造の見晴らし台にも回ってみたが、湿っぽい崖の窪み内の女神像はいかにも岩窟の聖母といった具合に見下ろされ、近づけない立地に意味があるのかとそのように思われなくもなかった。

――のちに何度も思い出すことになるその日の午前はおよそこのようなものであり、そして思いがけないことながら、この〈水の城館〉の廃園にはすぐにもういちど引き返してくることになる。

「でもね、足元に枯れた花が散らばっていたのよ。ほらこれを見て」

昼食に立ち寄った村のレストハウスでも話題はそのように詳細なデジタル画像に集中しがちであって、そこへ地域軍のAIたちがやって来てわれわれは丁重に連れ出されることになった。どうも爆弾でも仕掛けたような疑いを持たれたらしく、彼女の学籍番号もわたしの休暇申請書もすでに把握済みであったのには恐れ入った次第だった。シンプルに茹でた春野菜と網焼きの肉という一皿を残し、レンタル自転車も店先に置いたままほぼひと飛びで廃園上空まで戻ってみれば、全面枯れた真っ茶色にわずかな緑の芽吹きのある幾何学迷路庭園を直下に見下ろすという珍しい眺めがそこにあった。適当な着陸ポイントが他になかったため、その近辺から歩きになってぞろぞろ大滝庭園方面へ向かうことになったのだが、彼女は不安げにずっとぶつぶつ何か言っており、「蜂も小鳥も意味するところは〈自由〉なのよ」と急にわたしを見てきっぱりそのように言った。

反対方向から戻ってくる散策者の数が意外に多く、曲線的なデザインで見た目だけは可愛らしい軍のAI搭載ロボットに対して誰もがぎょっとした顔をするのだった。が、その人数がどんどん増えていくのはどうしたことなのか——思ううちに、流れに呼応するかのように今度はわれわれを追い越していく者たちが大量に増え始めていた。誰もが一方向を指差してしきりに何か言っており、まさか彼女がほんとうに何か仕出かしたのかと一瞬そう思ったもののの、ともかく見晴らし台の方面に只ならぬ大勢の人だかりができていた。するとAIのうち一台の丸い頭部が離脱するなり上空へ飛び出していき、騒ぎの真上できらきら反射してから高台奥の谷間へゆっくり沈んでいくのがわかった。

　彼女の髪に一輪の小花が絡み、似たような草の花は周囲にもどんどん大量に降ってきて、地面のあちこちで軽く乾いた音をたてた。どれも平凡な近辺の野花だったが、開花時期はまだ少しだけ先の筈だった。奇蹟だ、と見晴らし台で口ぐちに叫ぶ大勢の声が聞き分けられ、空中には芳（かんば）しくも熱い揮発性の香りが満ち満ちており、この時点で花弁まみれとなっていたわれわれは立ち竦むか座り込んでいたらしいのだが——どうにも気圧がおかしくて、耳はわんわんするしまったく動けない状態であったように記憶している——するととつぜん前方が異常に明るくなるのがわかった。見晴らし台が真っ白なひかりに呑まれ、思わず手を翳せば強力な輝きの只なかで何らかの巨大な気配が立ち上がったような——、そのとき見る者によっては朧気ながらこの世のものならぬ真っ白な姿を認めたという。一瞬の輝くまぼろしはふいとひかりに溶けて曖昧になり、そのまま棚引くように花吹雪の早春の上空へ上空へとどこまでも引き伸ばされていき、気づけば遠い雲の輝きに紛れていたような――それから今は長い年月が経つ。

戻ってこなかったAIの頭部はそれきり行方不明となったそうで、いちばん知りたいのはそこのところだ、と今でも彼女は電子メールをよこす。別の一台もひどい不調で記録も取れていなかった由であり――すべての電子機器が同様であったらしい――こうして奇蹟の一件は意外にもごく内々に終息し、ほとんど間を置かず廃園も閉鎖されてしまった。崖のグロッタ内で目も彩な輝きに包まれていたという女神の石像はどうなったのか、あのあとすぐさま駆けつけた管理者によりわれわれ入園者は退去を命じられ、そして結局のところ彼女もわたしも各方面からの厳重注意を受けるに留まったのだった。施設の閉鎖には何か事情があったのだろうがそれはそれとして、こちらとしても長年にわたって知りたく思うことがひとつある。つまり、あの日彼女は女神像の撮影だけでなく他にもやはり何かしたのでは、という拭いがたい疑念についてである。尋ねても軽くはぐらかされるだけで、のちにそこそこ実績のある研究者となっているのは同慶の至りであるが、各国各地の添付画像のなかで彼女はいつも野花の冠をかむっている。

小鳥の葬送

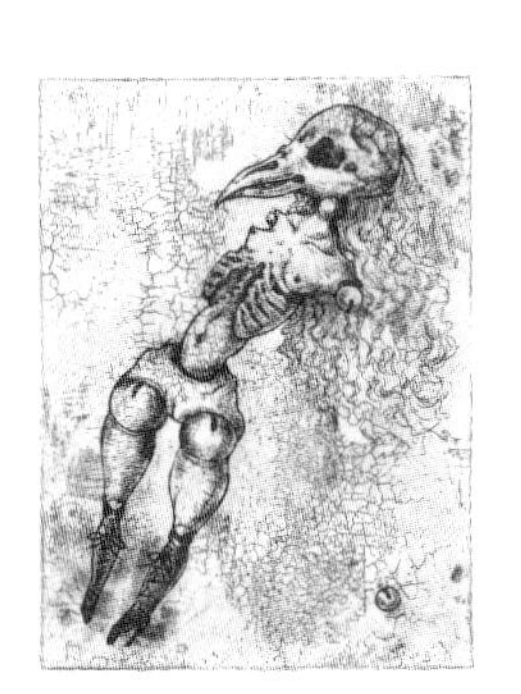

❇世に名高い〈水の城館〉にて赤髭公の母堂たる老大公妃、死後三日目にして蘇(よみがえ)ること。そののち光りあまねき被昇天。大量の小鳥の翼入り混じる黒衣侍女たちによる付き従いのこと。さらには赤髭公の新妻、手中の指環を失うに至る次第。

❇老大公妃の小鳥の侍女たち、すなわちよく躾けられ必要に応じて形態を変えるという娘たちの出自はまったく不明であり、あるいはもともとにんげんの娘でなく野の小鳥であったのではとのもっぱらの評判だった。ひとりでいることは滅多になく、つねに連れ立って行動し、怯えやすくすぐに動揺するありさまは確かにその評判どおりであり、それでも若々しくほっそりとした肢体やいかにも愛らしい顔だちは城館の伊達男たちの興味を惹いてやまないものだった。

珍しくひとりでいる侍女に背後から声をかけると、ほんのわずかだけ振り向いたが、レース帽をつけた頭髪の向こうに巨大な鳥の嘴（くちばし）の一部があった。などという目撃譚も一方にあり、また上階の奥向きへと続く明るい回廊は庭園を見下ろすバルコニーともなっているのだが、小鳥の侍女たちの一種の発着場となっているらしいとの評判もあった。列柱沿いの長い長い通路を男たちが行き来するおり、行く手のはるか遠くをひらりと侍女が横切ることがあり、その一瞬後には軽い跳躍でもって空中たかくの戸外へと移動しているらしいのだが――というのは、限られた視界内にジャンプの後ろ足となった片足のみが一瞬残るためで、この眺めは妙に男たちの印象に残り、そして欲望を掻き立てるものでもあった。空中たかく一瞬だけ浮遊したあの編み上げ靴の足、あのけしからぬ跳ね足を何とかこの手で捕まえてみたい――そのような欲求にかられる男は定期的にあらわれた。ただし小鳥の侍女の跳躍は周辺の磁場に狂いを生じさせるものであるらしく、飛びつこうとする男たちは必ず妙な具合にからだが傾いた。そのまま逆さになったり、あるいは逆さのままバルコニーから転落しかける者もいて、逆さの視界の逆さの幾何学庭園にはすばやく逃げ去っていく小さな小さな鳥影があった。目で追ううち本人はもとどおり回廊に立っていて、遠い前方にはけしからぬ後ろ足と妙な格好になっているじぶん自身がいたりするので、男たちはそのまま発熱して寝込むのがせいぜいなのだったが、一方の侍女たちは知ってか知らずか、いつもどおりうかうか驚愕噴水に踏み込んでは羽根を散らして逃げ惑うのだった。

✻お姑（かあ）さまが夜中に徘徊しているのですわ、と赤髭公のもっとも新しい妻が言った。若妻は良家の出で、それまで浮かれ女のたぐいばかりを相手にしていた公にとってはずいぶん勝手の違うことともっぱらの評判だった。

「なに、母上が。あのかたに限ってそのようなことは」

「わたくしの嫁入り道具の扇を盗って隠していましたのよ。立って歩き出されたとき、お袖のなかからぽとりと床へ落ちましたの」

「今日も見舞ってきたばかりだが、そのようなご様子では。仰ることもはっきりとして、いつもながらのご聡明さであったぞ」

「息子のまえでは取り繕うのでしょう」

それ以上の追求を若妻は賢くも控えるのだったが、先刻母を見舞った折の言動を思い起こせば、公としても実のところかなりの不安はなくもないのだった。

世に名高い〈水の城館〉の老大公妃はその人生の後半にかけて黒衣を好み、漆黒の絹地に黒レースの海、重たげな黒玉（ジェット）を綴った首飾りに髪飾りも耳環もすべて黒。さいしょは夫の喪として身につけたのだったが、寡婦としての余生が長引くにつれ黒ずくめは属性となり、もはや他は考えられなくなったのだった。そして年月の果てに黒衣の肖像画も大小数多となったころ、美麗な浮き彫り細工を施した黒檀の柩を誂えて居室の中央に据え置くという所業に及んだが、この前後からさしもの聡明な老大公妃も言動に怪しさが混じると評判がたつようになった。謁見室に常駐する習慣はかなり以前からなくなっており、足腰はまだ弱ってはいないものの、最近では寝台から出たがらない日も増えているのだった。

「――さて母上、皆が煩く言うから何事かと思えば、食も進んでおいでというし。お顔の血色もむすめのように麗しく」

「まあ、ほほほ」

その日枕頭を見舞った息子の赤髭公に向かい、老大公妃は艶のある声で笑ったのだった。老いてふくよかとなったのが、このところさらに肥満が進み浮腫んでいるようでもあった。

「母上にはまだまだお元気でいて頂かねば」

「何を今さら。お前の新しい嫁はなかなかしっかりしている、もう心配することは何もないでしょう――でもわたくしはね、死後三日目に蘇るつもりですよ」顔色も動かさず老大公妃は言うのだった。「三日目にね、ほんのいっときだけですけれどね」

「また何を、大胆不敵な。そのようなことは第一、亡き父上がお許しにならんでしょう」

「少しやり残した懸案がありますのでね。それを確かめるためですよ」

「用事は何なりとわれわれにお申し付けを。余計なことは考えず、どうか養生なさって下さい」

そして赤髭公は退出しようとして黒檀の柩に邪魔をされ、さも不快げに迂回しつつ豪奢な漆黒の軀体と黒サテンの内張りを横目で見やった。柩職人への高額な支払いについて、今なお揉めているところだったのだ。

入れ違いに戻ってきた一団の侍女たちは天蓋つきの巨大な寝台で機嫌よく鼻歌をうたっている老大公妃を見た。「――おまえたち、今日も言いつけをよくお守りだったかい。我が侍女、わたくしの可愛ゆい小鳥たち」

「水道橋の見回りはいつもどおりに。お言いつけの花も撒いてきましたので、明日の朝あたり下の池まで流れついているかと」

ひとりが言うのに続けて、「明朝にはもちろん確かめに参りますわ。ご心配の水の流れは今のところ問題なさそうですわ」

しかし口々に報告を続ける侍女たちを尻目に、老大公妃は浮腫んだ両手を宙にもたげ、つくづく眺め入る様子なのだった。

「――このように節くれだって皮膚もたるみ、太く浮き出た血管だらけになろうとは。同様に我が面相もからだも思うさま変形し、若いころと同一の女とは誰にも見分けられまいよ。肖像描きはへつらって若く描くが」

このところ夜遅くまで大声でうたったり、ひとりで喋り続ける老大公妃は声が嗄れるでもなく張りがあり、下じもとは違って栄養状態がよいためだろうと侍女たちは密かに思うのだった。ただし両の瞳が互いに逸れて左右へ離れる傾向があり、正面から向き合っても何を見て何を考えるのかわからない恐ろしさがあった。

「おまえたち、今日は大瀧の崖道を庭師が降りていくところを見たね。あれは迷い込んだ鹿が死んでいるのを見つけて、始末しにいくところだったのだよ」

不意に老大公妃が言い、侍女の数人があからさまに動揺した。確かに上空からそれを見たのだ。

「変身せよ、自在に飛べと命じておまえたちをつくったのはこのわたくし。その代わりに怯えやすく、絶えずものに脅(おびや)かされる存在となったおまえたち。わたくしとても、老いてこのように変形した。もしや一心同体の運命なのかもしれないねえ」

✻小鳥の侍女の声が喋っている。ただしどこにいるのか、その姿はまったく見ることができない。

「さいしょに飛んだとき、上空へ移動するというより、地面がじぶんからどんどん遠ざかっていくのに驚いたものだったわ。城館の大屋根が眼下にあって、回廊や尖塔の窓から見上げる小さなひとたちもいて、それから急激な勢いで四方の地平がせり上がったのだったわ——輝く河の分岐や森や遠方の町々を載せたシーツのへりがいっせいに持ち上がったかのように。総毛だつこの歓喜。上空の大気は幾重もの風の層となってわたしを揉みくちゃにし、思うさまかき乱す。足が地につかないこと、安全な地表から遠く離れていることの怖れと恍惚、そしていっそこのまま風に溶け、じぶんが消え去ってしまえばいいと願うことがこのごろあるの。——以前はそのようではなかったわ、常緑だけの幾何学庭園の夕暮れを寂しい美しさと感じたり、あるいは香りたかい花だけを選んで摘み集めてみたり。大公妃さまのお若いころの衣装や宝石類を手入れするのも好きで楽しかったものよ。あの華やかな美しい品々、今は仕舞い込まれ忘れられてしまった貴重なものたち」

「あのかた、大公妃さまはいつでも誰より賢く、若々しくてお綺麗だったわ」別の声が言った。「ときには乗馬服で男装なさっての騎乗の折など、いま思い出しても何とまあ颯爽としてらしたことかしら。つねにお傍に仕え、あのかたによってつくられたじぶんたちであることを誇らしく思ったものだわね、いつもわたしたちは」

「大池の離宮に寵姫たちがいたころを覚えているかしら。あのひとたちも飴玉のような宝石や真珠がたいそうお好きだったわね――ひとりは熱病で亡くなり、ひとりは飽きられて宿下がり。あれもずいぶん昔のことのような」

「あれからわたしたち、少しも年を取らないわね。大公妃さまも今はあのとおり、公の赤髭もすっかり灰色になったけれど」

「だってほとんど眠らず食べないわたしたちですもの。綺麗なお仕着せ衣装だけは大公妃さまが次つぎ新調して下さったけれど、このところすっかりお忘れのよう」

夜は灯りのない真っ暗な控え部屋に押し固まり、声のみとなる者たちは揃って言うのだった。

「どうなるのかしらわたしたち」

「さあ」

「どうなるのかしらねえ」

❇老大公妃の見舞いに城館を訪れた元寵姫のひとりは帰りがけに女官溜まりへと立ち寄って、長時間喋った挙句に夜遅くの回廊でふたたび老大公妃に出くわして仰天した。

「――だって、寝巻き姿で歩いてらっしゃるから。驚いて声をおかけしたら、わたくしの肩にちょっとだけ顔を埋めてお泣きになるのよ。道に迷って怖かったのではないかしら」

再び女官溜まりへと舞い戻った姥桜の元寵姫は熱い茶碗を手に得々と喋りたてた。「ご寝所に誰も控えていなかったのかしら。あの侍女たちはいったい何をしているの」

「鳥目だという噂ですけれどねえ」

控えの者が居眠りしていたという失態もあり、女官長は口が重かったが、辞去した筈の元寵姫が方向違いの大回廊などへ何しに行ったのか大いに怪しいと内心思っていた。

「お庭の眺めをさいごに見ておきたくて」

元寵姫はさりげなく言い訳し、どこかに宝石の落し物でもないかと考えたことなど口にはしないのだった。「騒動ですっかり遅くなってしまったわ。今から帰るのもたいへんねえ」

「誰か送っていかせましょう」――けっきょく大量の菓子類を持たせられ不承不承帰って

いったものの、周辺の町や村々でもすでに老大公妃不調の評判は広まっていた。

のちの盛大な葬儀の折、これも評判となっていた見事な黒檀製の柩へ白百合など手向けつつ喋りたてる元寵姫の姿はよく目立った。「わたくしの足が少し悪いものですから、宿下がりの折には大公妃さまからもお心遣いを頂きまして、見事な細工のこの杖を。握りの象嵌の貴石類はほんの小さなものばかりですが、赤の色目のよいガーネットがたくさん。紅玉（ルビー）ならばもっとよかったのだけれど、まあほほほ」

「西の離宮のかたが発病したとき、熱病は伝染するというので誰も近づけなかった。医師と最低限の者たちは世話しましたが、わたくしたちは。ついに亡くなり、亡きがらが運び出されてからわたくし西の離宮へ参りました。なかへ入ったのはあのときが初めて。遺品を漁りに行ったのだろうと思う者もいたようでしたが、それは違います。あちらから東の離宮を眺めてみたかったの。いがみ合い競い合う相手であったあのかたは、どのようにわたくしを見ていたのかと——少し斜視でいらしたあの目で、ああ、大公妃さまを見舞ったとき同じあの目を思い出したのですわ。あのような大公妃さまを見たくはなかった。あのひとだけはどうあっても敵わない、いつも高いところから冷ややかにわたくしたちを見ていたあのひと」

別の場所では赤髭公の新妻が着慣れない喪服の裾をしきりに気にしていた。

「これも嫁入り道具ですが、むろん下ろしたてですわ。何だかしっくりしないこと」

「黒いものなら母上がいくらでもお持ちだが」

「まさか」黒ずくめの新妻はきっと夫を睨んだ。「そもそも体型が違いますわ。それに亡くなったばかりのかたの遺品に手をかけるなど」

「いずれは整理しなくてはならんぞ。お若いころの物もきっと多いのではないかな」

「あのおかしな侍女たちのいるところでは」と新妻は思うところがある様子で、「お姑さまですが、ご寝所でお亡くなりになったのですね。朝になってもお目覚めでなく、それまで異状はなかったと」

「そのように聞いた。医師も不審はないと。どうかしたかね」

「わたくしの大事な指環が見当たりませんの。枕元のいつもの置き場に入れて休んだのですが」

「よく捜しなさい」

諫めて話を打ち切ったものの、三日目の蘇りの件は赤髭公の心につよい印象を残していた。

今日は二日目、墓所の都合で埋葬は明日にせざるを得ず、黒い屍衣のままうろうろと夜の城館内を徘徊する亡母のすがたを思い浮かべては慌てて打ち消す心境であった。——弔問の客はなお続々と詰めかけており、驚くほど遠方からもさらに到着しつつあった。報せを出していない筈の遠縁の者などが多く混じっていることに公は気づかず、それは異様な速度（スピード）の情報収集力や伝達能力を誇る実の母とのつきあいに慣れた挙句の鈍感さではあった。従って、少しも年を取らない奇妙な侍女たちの存在にしてもそもそも気づいたことすらないのだった。

✻兆候はこの日午後遅くあたりから周辺の町や村々でもぽつぽつと観測され始め、ただしさいしょは無人の台所で塩壷その他が宙に浮いて漂っていたといった類いの他愛のないものばかりであり、誰か気づいたにせよ目の錯覚で済まされてしまったのは致し方のないことではあった。

＊明確で賑やかな異変が続出したのは第二夜の深夜零時過ぎのこと――のちになってひとびとはそう考えたが、場所は城館の大広間との続きになった祭壇室、白百合や白カーネーションに埋もれた老大公妃の柩が安置されたあたり。一帯は終夜絶やさぬ蠟燭の火が揺れるやら、大量に焚かれた香料のため濛々と白く煙らんばかり。赤髭公の厳命により随所に不寝番も立っており、さてその一方で城館内の別の場所ではちょっとした変事も起きていた。

黒檀製の柩が運び出され邪魔ものがなくなった老大公妃の寝室で、そろそろ片付けを終えようとしていた下女たちはぎょっとしたのだったが、大きな剣を吊った若い近習ふたりほど引き連れて赤髭公の新妻が入室してきたのだった。「鳥目の侍女たちは今ならばいない筈」――そしてあるじのいなくなった天蓋つきの大きな寝台へと歩み寄り、手ずから寝具を剝がすやら枕を裏返すやらしていたが、出るわ出るわ女持ちの扇などの小間物やら貴金属類やら、黒一色の筈の老大公妃の持ち物でないことは一目瞭然の有り様だった。

「わたくしの指環はここにはない。さてどこに、あの柩のなかかしら」

若々しく濃い眉根をひそめ、さも厭そうに宙を睨んでいたがそのとき激震があった。さいしょは縦にいちどだけ、城館のぜんたいが持ち上げられて落とされたような――大広間では大量の蠟燭の火もばたばた倒れ、半ばだけ閉じられていた黒檀製の柩の蓋が盛大に転げ落ちるやら、ちょうどそのころ庭に面した大回廊では次つぎ飛び込んできて着地する影のようなすがたがあった。

「ご指示のとおり」

「訃報は遺漏なく伝えられたわね」

「さてこれからがたいへん」

月明かりだけの庭園を背景に大回廊はほぼ暗闇となっていたが、闇に紛れた数々の目だけが何故か青白く発光し、何者とも知れぬ様子であった。

✻

驚愕噴水の庭で慌てふためく奥方を見たことがある、とあるとき城館の伊達男のひとりが仲間に言った。——「輿入れして初めて散歩に誘い出された折のことだよ。ずいぶん年下、それに実家の権勢がということで公も気を使っておいでだが、あの場で前もってご注意がなかったのは確かに迂闊なことではあったな——それにしても意外だが、あれは実によく似ているな」「え、何のことかね」「なに、あの侍女どもにだよ」

口髭を撫でて男は言い、皆の脳裏にはきらきら光る水しぶきのなかで慌てふためき飛び跳ねる新妻の様子が浮かんだ。羽根は飛び散らないにしても、高く裾をからげたそれは確かにけしからぬ後ろ足を持っているように思えるのだった。

❇大きな剣の近習たちとは新妻輿入れの際に里方から同行してきた者たちで、他に年配の侍女などもいたが、普段はさほどの用もなく暇を持て余す身の上だった。指環の件では若い女あるじに焦慮の様子があり、わざわざ深夜を選んで亡き大公妃の寝室まで共に赴いたものの、不自然な激震に魂消(たまげ)たうえにさらなる難題を持ちかけられ困惑の体ではあった。

「今が好機、と姫ぎみ、いや奥方に命じられたので。不寝番だらけの場所へ近づくならば今だと。柩に傾きなど生じたのを直す手伝いをせよと」——のちに若い近習たちは仲間の老女を相手にそのように述懐した。

「狙いは大当たり、重い蓋が落ちて皆が難儀するところへ行ったので、柩のなかを覗き込むことも容易にできた。探すまでもなく指環は亡きがらの胸に置かれた手に、左の小指の半ばあたりに窮屈そうに嵌っていた。印章の指環なので見間違うこともなかったのだ」

指環が抜かれたちょうどそのとき二度目の激震が、というより城館が背伸びしたようだったとこれものちになって庭師たちが伝えた。――月下の町々では揺れなど誰も気づかず、ただし月影の射す子ども部屋では揺り籠が宙に浮き、眠る赤子や汚れ布の類いも漂い出していたりしたが、この種の現象は翌日の終日に及び周辺一帯の地域に頻出したようなのだった。翌朝、大瀧階段の最下段に位置する大池に多くの小花が流れ着き、今は無人となっている両岸の離宮の投影に混じりつつ静かに広がり漂っていた。夜間の阿鼻叫喚はなかったことのように埋葬の準備は進み、冷えびえと劣化しつつある老大公妃の顔のうえに重い蓋は閉ざされ固定された。午後には庭園へと運び出され、墓所の霊廟をめざす大人数の葬列となったが、その間にも司祭の手にした祈禱書やら揺り香炉がふらふらと宙へ逃げ出すような事態は頻々と起き、誰もが見て見ぬふりをする有り様ではあった。

うららか日和の庭園に噴水群はきらきらかな水流を上げ続け、真っ黒な葬列の通過にともなって順繰りに平伏するかのように極端な伸び縮みをした。生垣の続く遊歩道で長い葬列は別の黒い小さな列と擦れ違い、それは老大公妃と侍女一行であったようだと後になってからひとびとは思い当たった。黒い日傘の老大公妃はいつもの黒衣、引き連れた侍女たちは新調と思しいぱりっとした黒ずくめ。日傘の陰であっても左右へ逸れた両の黒目の印象だけはくっきり残ったのだ。うららか日和の午後いっぱいをかけて、水道橋の具合やら自動噴水の循環装置やらをひとつひとつ視察して回る一行に庭師たちは随所で出会い、あまり自然に見えたので誰もが日除け帽子を取り尋常に挨拶をした。驚愕噴水の場で小鳥たちはいつもの如く羽根を散らして舞い狂い、真っ白い陽射しのなかに庭園も大量の噴水群もすべては茫々と溶け込んで、そのとき輝く雲間から一条の陽光がまっすぐ老大公妃の頭上へと——

✻——新調の黒衣の侍女たちのなかにたとえ喪服の赤髭公新妻が混じったとしても見分けはつかなかった筈で、手を引き誘(いざな)う様子があるのが小鳥の侍女たちと判別できるのみだった。このとき粛々と霊廟をめざす葬列は墓地区画へと入場しつつあり、赤髭公夫妻ならば柩とともに先頭にいた筈で、あるいは途中で小鳥の誰かが巧妙に入れ替わったとも考えられた。

緑の段丘庭園のとある東屋(あずまや)では椅子と椅子を向き合わせ、息子の嫁を待ち受ける老大公妃がいて、膝を交えてふたりの女が話し合うあいだ侍女たちはようやく翼を休める小鳥となり、辺りに控えるのだった。――「水の城館の命脈は水流にあり、ただの庭の装飾ではない。治水は周辺の土地に広く及びます。管理を引き継いでもらわねばね」老いた女は言い、灰いろに硬直した唇ながらいとも艶やかに微笑んだ。「才覚をもって指環を無事奪還した手腕はなかなかのものと思うのですよ。でもそれはあなたの実家の紋章印。わたくしが頂いていきましょう」

❇最終的にはめきめきと音をたてんばかりの見事な被昇天であった。と、これものちになってひとびとは噂したが、ただし肉体と魂を伴って天国へあげられた聖母被昇天との混同ぶりについては聖職者からの異議申し立てが多く、皆が声を潜めるのも当然のことではあった。――それはどの場所であったのか？　誰がそれを目撃したのか？　めきめきとはいったい何事。そして迎えの天使に囲まれた聖母被昇天との相似といえば小鳥の侍女たちの存在があるが、小鳥たちとは結局のところ何者であったのか？

自由と不自由、如意と不如意、小花小花を降らせつつその日町々村々には幾らかの宝石類も混じって降った。老大公妃若かりしころの持ち物であったともいい、元寵姫には欲しがっていた紅玉（ルビー）、息子には再度の請求書。封の押印なしでは些細な不満など実家へ書き送り難くなった新妻は窓辺に寄り、今は我がものとなった大庭園を眺めた。空のひと隅にひかりが射し、大量の翼や若い娘たちの手で運ばれる老いた聖母を見たように思ったが、黒衣の老女はいかにも重たげで輝く雲間も裂けんばかり。小花は水を流れ流れて大池のおもてを埋め尽くし、これは少しの教訓を無しともしない昔むかしの絵ものがたり。

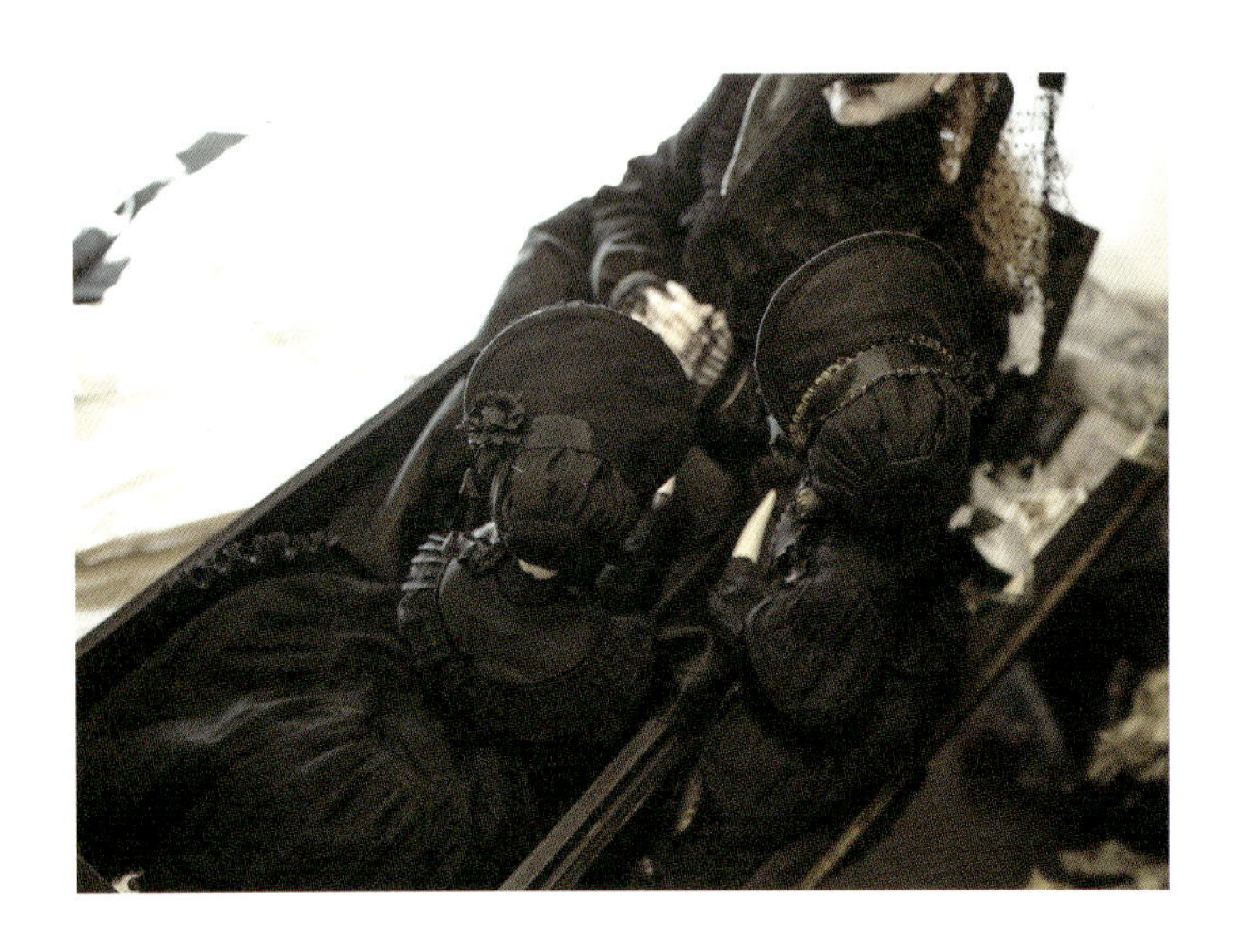

中川多理さんと小鳥たちのこと
あとがきに代えて

本書『小鳥たち』は、思いがけない成り行きや古い約束や名伯楽の采配やらが縒り合わさって、小さな奇蹟のように成立することになった本である——そう言えるのかもしれない。何も知らず手にした読者は不思議に思うかもしれない、掌篇小説が三篇あって、そのうち一篇だけが何故か旧仮名づかい。三篇は連作のようだが、でもさいしょから連作として計画されたのではないような、微妙な不統一感もある。そして小説にも登場する小鳥の侍女らしき数々の美麗な人形写真があるが、そもそも人形と小説のどちらが先でどちらが後なのだろうか、と。順を追っての説明が必要だろう。

まずさいしょのきっかけとなった、旧仮名づかいの掌篇小説「小鳥たち」について。これは二〇一六年末、私の大昔の歌集『角砂糖の日』を恵比寿のギャラリーLIBRAIRIE6から新装復刊した際に、挟み込みの付録品とした書き下ろし掌篇小説なのである。歌集の本体が〈若気の至りの〉旧仮名づかいなので、おまけの掌篇もやはり旧仮名。ということで、いつもはあまり書かないような古めかしい雰囲気の小品を書いてみたのだった。すると嬉しいことに、気鋭の人形作家中川多理さんが〈小鳥に変身する城館勤めの侍女たち〉のイメージを気に入って下さり、鳥仮面つきの侍女人形として数体を制作して下さることになった。これはそのころ京都山科・春秋山荘での個展〈幻鳥譚〉のため、鳥と少女の融合した人形群を制作していた多理さんにとって、ちょうどうまく都合の合う素材でもあったのだろうと思う。そして実を言えば、多理さんと私のあいだにはずっと以前からの、思い返せばもう十年以上まえのことになる約束があった。あるとき人づてに、私の旧作「夢の棲む街」を人形化したいがよいだろうかと未知の人形作家さんからの申し出があり、それがつまり多理さんだった訳だが、私は喜んで、何でもご自由にどうぞと伝言を返したのだった。互いの伝言は「夜想」編集長今野裕一氏および国書刊行会礒崎純一氏のおふたりをあいだに挟み、順に往復したと記憶している。畸形の天使や人魚や鳥籠のなかのコビトやらが登場する「夢の棲む街」の件は今も宿題としてキープされているようで、「小鳥たち」のほうが先に実現することになった訳である。

それにしても、二〇一七年春の中川多理個展〈幻鳥譚〉、これは何しろ凄いものであったらしい。らしい、というのは私は現地へ赴くことがなかったからで、それでも多理さんは大量の素晴らしい写真を送って下さったし、また後になって刊行された『夜想 中川多理特集号』を眺めても、その凄さは身に迫るように伝わってくる。色彩すら欠いた蒼白な鳥少女たちは洗い清められたような抽象性を帯びており、白い骨のように痩せた球体関節のからだは思考をそのまま造形化したかのようだ。――それら圧倒的な展示の片隅にあって、我が侍女たちはそこだけ甘やかに小さな花々が咲いたような異彩を放っていたようである。細腰のエプロンドレスに編み上げブーツというお揃いのメイド姿で、ひとりずつ個性のある西洋風の少女たちはしかし奇怪な鳥仮面を装備しており、さすが中川多理の手に成る作品、単に美しく愛らしいだけの人形ではないのだった。

そしてご縁はここまでかと思いきや、多理さんはさらに続々と新たな侍女たちの制作を続けて下さり、浅草橋パラボリカ・ビスでの展示の折は私も駆けつけたのだったが（都合二度行った）、何しろ新顔の侍女たちがどんどん凄くなっていくことには大いに驚かされたものだった。今が伸び盛り、今までも凄かったが、さらに急成長中の若い作家とつきあう醍醐味というものである。だから『夜想 中川多理特集号』のために小鳥たちの続編を求められたときは、ならば受けて立ちましょう、との思いで「小鳥たち、その春の廃園の」を書いたのだったし、この度の単行本化に際しては「小鳥の葬送」を書いた。多理さんのほうでもさらにイメージを膨らませて下さったようで、互いに刺激を受けあいながらの同時進行の作業になった訳である。そして陰から采配をふるい、すべてを取り仕切る夜想編集長にしてパラボリカ・ビス主宰・今野裕一氏の存在もまた大きい。名伯楽の由縁である。

〈物語のなかの少女〉を制作の大きなテーマのひとつとする多理さんはきわめて知的な鑑賞眼を有し、今までの選択作家はカフカにマルケス、マンディアルグと妻のボナ、カヴァン、夢野久作、皆川博子など。さらには三島にアルトー、山崎俊夫等々の幻想小説系読者にとってはたまらないラインナップでもって、名声の確立した有名作・あるいは隠れた名作に基づく人形制作を続けている。これらそれぞれ一点ものの人形たちの重さに比べるならば、我が侍女たちはいかにも軽やかで他愛のない存在であるだろうか？　私は必ずしもそうとは思わない。何と言えばいいのか、小説と人形の双方の創作が純粋にいま現在のリアルタイムであることの面白さ、その勢い。そしてまた、これら背後事情をすべて白紙として眺めてみても、優秀な人形作家にして練達の職人・中川多理本気の甘やかさが凝ったような西洋風少女人形としての完成度がそれぞれにあるようにも思われる。〈黒い侍女頭〉と渾名(あだな)される子、きりっと仕事のできそうな横目づかいの子、銀髪銀目の不思議な子、アリス風の青服の子等々、三つ編みやら短髪やらの工夫を凝らした装飾の差異のみに留まらず、ひとりひとりくっきりと確かな個性の違いがあることに驚かされる。城館勤めの侍女たちという設定であるから、技能を持って互いに連携しているような風情も感じられるし、何しろ華やかな多人数なので、なかからお気に入りを捜すのも楽しい。

そしてここから付記となります。

書き下ろしの「小鳥の葬送」に合わせて、さいごに老大公妃と黒小鳥たちを造りあげて下さった多理さん。才能のあるかたとはよく存じていましたが、これほどまでとは。「小鳥の葬送」の他にも、「旧仮名・小鳥たち」の母親や「その春の廃園の」の老女王がいる、若いむすめたちばかりではない世界をよく表現して下さいました。威厳と品格を備えた人形としての老大公妃、何やらじぶんの理想像としての分身を得たような、そんな妄想に陥ってしまうほどです。多理さん、ほんとうにありがとう。

小鳥の侍女人形は本書の写真以外にも素敵な子たちが存在します。あまり大勢なので全員入りきらなかったのですが、あの子もこの子もみな良い子たちばかり。

このようにして小説家と人形作家とが互いに刺激を与えあい、そして一冊の本が完成することになりました。このうえは、この幸せな本が読者のかたがたからも愛して頂けることを心より願っています。

二〇一九年六月　山尾悠子

あとがき ― 中川多理

小鳥たちの制作について

空を飛ぶために限界まで身体を軽くして骨が空洞となった現実の鳥達。その姿は、ゴムを引くため内部構造が空洞の球体関節人形との同質さを感じておりました。小鳥の姿態を少女に移すために、腕も脚も鶏がらのように細く、細く、限界まで腰を引き絞り、エプロンドレスは尾羽のように膨らませ、少しツンとした、鳥に成り行く途中のような顔立ちで…と、かなり奇異な風貌になるところを、原作のチャームが乗り移ったというか、少女としてとても可愛らしく完成した時に、人形の形の妙を改めて思いました。

普段は人形の身体そのもので表現することが多いので、身体を沢山の装飾品で覆い隠す造作は新鮮な作業でしたが、一人一人の性格を想像しながら、衣装デザインを考えるのはとても楽しかったです。見てくださる方も「この子は勝気そう」「この子は真面目で田舎から来た子」「この子はボスっぽい」と侍女達の関係性や性格を読み取ってくださっていました。

章が進むごとに、少しずつ明かされる小鳥たちの謎。最終章「小鳥の葬送」のお原稿を頂き、そこで物語の縦軸を貫く、荘厳な存在が飛び立っていきました。これは、この存在を作らねば、と。ほとんど私のせいで出版が押しに押しましたが、今までに手がけたことのない老女、老大公妃の姿を表すのは難しくも楽しくのめり込んでいきました。

かつて非常に美しく、年輪と時間の経過を身に纏い、威厳と奇矯さを併せ持つ老大公妃。赤髭公の新妻から奪った印章の指輪を無理やり小指にはめているところなど拘ったポイントです。等身大の女性像よりも少し人形的に頭身を縮めて、生人形的な気持ち悪さ生々しさではないところを目指しました。喪服も小鳥達より良い生地を探し、「この絹地ならいかがでしょうか…?」とお伺いをたてるお付きの職人さながらに。かしづくように制作しました。

山尾悠子さんとの出会い

私がその作品と出会ったのは、学生時代に古書店で『夜想』、そして『幻想文学』と出会い、そこから山尾作品に辿り着き、ひときわ美しい装幀の彼らを一冊一冊見つけては密かに大切に読み耽っておりました。

のちに「夜想」のギャラリー、パラボリカ・ビスでお仕事をさせて頂く中で「物語の中の少女」を作品化するという一連の企画に参加する中、幻想の小説の核として山尾悠子さんのトリビュートをやりたい、とお伺いを立てておりました。

あれもやりたい、これもやりたい、と妄想逞しく、また思い入れが強い分ハードルも高く、悩む日々…そこに、軽やかに、ふわりと舞い降りたのが書き下ろし掌篇「小鳥たち」でした。

華奢で儚く、少女と小鳥の形態を自在に行き交う、編上げ靴の小鳥の侍女たち…そのフラジルな存在はまさに人形そのもの…気づいたら手が動いており実態としての小鳥の侍女たちが生まれていました。

山尾悠子さんとの初めての出会いは二〇一七年のパラボリカ・ビスにて。先に会場にいらしていた山尾さんは、凛とした佇まいでギャラリーの書棚の『夜想』を手に取り、「少女の号はいかにもなので持っていないけれど、こちらとこちらは持っているのよ」と仰っていたのが印象的でした。人形となった侍女たちと少し不思議そうに視線を合わせ、そして優しく抱き上げてくださいました。

多感な時期に影響を受けたものが、大人になってもその魅力を持ち続けるというのは、奇跡に近いことだと、年を経るごとに感じます。山尾作品は私にとって、今尚その魅力を湛えた稀有な存在です。同時代に生き、新作を享受し、またその創作に関われた幸せと喜びを噛み締めています。

❖初出

「小鳥たち」――『角砂糖の日　新装版』［歌集］付録 2016（LIBRAIRIE6）
「小鳥たち、その春の廃園の」――『夜想#中川多理――物語の中の少女』2018（ステュディオ・パラボリカ）
「小鳥の葬送」――書下ろし

❖人形

「小鳥たち」「小鳥たち、その春の廃園の」
・幻鳥譚 WIND――fragments 風のフラグメンツ／2017.4 春秋山荘（京都山科）、
・中川多理人形展 Fille dans l'histoire――山尾悠子「小鳥たち」に寄せて／2017.7 パラボリカ・ビス（浅草橋）、
・『夜想#中川多理――物語の中の少女』出版記念展／2018.5 パラボリカ・ビス、2018.12 春秋山荘、
・フィレンツェ、ピサ、チンクエテッレにて撮影 2019.2
「小鳥の葬送」――本作のために創作 2019

❖山尾悠子 Yamao Yuko

一九五五年、岡山市生まれ。同志社大学文学部国文科卒業。七五年、「仮面舞踏会」(「ＳＦマガジン」早川書房)でデビュー。著書に『夢の棲む街』『仮面物語』『オットーと魔術師』『山尾悠子作品集成』『ラピスラズリ』『歪み真珠』『夢の遠近法』『角砂糖の日』(歌集)など。『飛ぶ孔雀』で、二〇一八年、第46回泉鏡花文学賞、二〇一九年、第69回芸術選奨文部科学大臣賞、第39回日本ＳＦ大賞受賞。

❖中川多理 Nakagawa Tari

埼玉県岩槻市出身。筑波大学芸術専門学群総合造形コース卒業。DOLL SPACE PYGMALIONにて吉田良氏に師事。二〇〇九年より個展多数。札幌市で人形教室を主宰。主な作品集に『イヴの肋骨』、『夜想#中川多理——物語の中の少女』(ステュディオ・パラボリカ)。

https://www.kostnice.net

kotori-tachi

first edition | 29 July 2019
second edition | 23 September 2019

text | Yamao Yuko
dolls & photo | Nakagawa Tari

publisher & art director | Milky Isobe
editor | KonnoYuichi (Atelier Peyotl Inc.)
design | Milky Isobe + Abe Harumi

published by Studio Parabolica Inc.
1-13-9 Hanakawado Taito-ku Tokyo 111-0033 Japan
TEL: +81-3-3847-5757 | FAX: +81-3-3847-5780 | info@2minus.com
www.yaso-peyotl.com | www.parabolica-bis.com

printed and bound by Chuo Seihan Printing Co., Ltd.

小鳥たち

2019年7月29日　第1刷発行
2019年9月23日　第2刷発行

著者　文 | 山尾悠子　人形・写真 | 中川多理

発行人 | ミルキィ・イソベ

編集 | 今野裕一

発行 | 株式会社ステュディオ・パラボリカ
東京都台東区花川戸1-13-9 第2東邦化成ビル5F 〒111-0033
☎03-3847-5757 | ☏03-3847-5780 | info@2minus.com | www.yaso-peyotl.com

印刷製本 | 中央精版印刷株式会社

ISBN978-4-902916-41-6 C0093